DISCOURS

DUTEIL D'OZANNE

DISCOURS

DE

M. S. DUTEIL D'OZANNE

DISCOURS

PRONONCÉ LE 29 JUILLET 1890

PAR

M. S. DUTEIL D'OZANNE

A LA DISTRIBUTION DES PRIX

AUX ÉLÈVES

DE LA

MAISON D'ÉDUCATION DE LA LÉGION D'HONNEUR

DES LOGES

PARIS

IMPRIMERIE D. JOUAUST

Rue de Lille, 7

DISCOURS

DE

M. S. DUTEIL D'OZANNE

L E 29 juillet 1890 a eu lieu, à la Maison d'éducation des Loges, la distribution publique et solennelle des prix, sous la présidence de M. Duteil d'Ozanne, Directeur de la Grande Chancellerie de la Légion d'honneur, officier de l'Ordre, qui a prononcé le discours suivant :

MADAME L'INTENDANTE,

MESSIEURS,

MES CHÈRES ENFANTS,

M. le Grand Chancelier a bien voulu me désigner pour présider, cette année, la distribution des prix

de la Maison d'éducation des Loges.
C'est un grand honneur qu'il me fait,
et j'en suis fier à juste titre. Je n'o-
serai vous dire par exemple que je
n'en sois pas quelque peu troublé, car
le devoir du Président est d'ouvrir la
séance par une allocution à son jeune
auditoire, et je me sens peu de con-
fiance en mes qualités d'orateur;
mais vous savez toute l'affection que
je porte à cette Maison, vous devez
donc être assurées, mes chères enfants, que personne parmi les digni-
taires de l'Ordre qui, avant moi, ont
eu l'honneur de présider la distribution des prix aux élèves de la Maison
d'éducation des Loges, personne n'a
plus sincèrement applaudi à leurs
succès.

C'est donc de ces succès que je
veux vous entretenir aujourd'hui,

mes chères enfants : succès dans le passé, succès dans le présent, et, je l'espère, succès pour l'avenir.

Le passé, c'est l'Exposition universelle ; le présent, c'est le succès que vous venez de remporter aux examens de l'Hôtel de ville ; l'avenir, c'est le rôle de mère de famille et de bonne femme de ménage que vous êtes appelées à remplir lorsque vous aurez quitté cette Maison, rôle auquel vos chères maîtresses vous préparent d'une façon si intelligente et si maternellement affectueuse.

L'Exposition universelle est déjà loin de nous ; une année presque entière s'est écoulée depuis qu'elle a fermé ses portes, mais son souvenir ne s'est pas effacé ; vous vous rappelez, n'est-ce pas (car je pense bien que, toutes, vous avez vu ces choses), vous vous rappelez ces merveilles de tout genre renfermées dans ce féerique palais des mille et une nuits : les constructions bizarres, les étoffes chatoyantes, les jardins, les jets d'eau, la grande galerie avec ses machines en mouvement qui semblaient les cent bras de la bête de l'Apocalypse. On sortait de là ébloui, fasciné ! Eh bien ! savez-vous la galerie que je préférais, moi, dans l'Exposition universelle ? C'était une petite salle de la section des Arts libéraux, dans laquelle on ne voyait jamais grand'foule, car elle n'avait rien du clinquant de ses voisines, qui tirât l'œil et captivât l'attention : sur les murailles, des dessins au crayon noir, des cahiers de devoirs scolaires sur les tables, des broderies, des ouvrages à l'aiguille.

C'était l'exposition des Maisons d'éducation de la Légion d'honneur.

Au milieu, se détachait la noble devise de l'ordre : *Honneur et Patrie!* mais une autre légende m'apparaissait à moi; sur vos ouvrages, sur vos cahiers, je lisais ces mots : Travail, application, persévérance.

La première devise, mes enfants, est celle de vos pères; par une vie de dévouement, de bravoure et de sacrifice, ils ont noblement conquis le droit de la porter sur leur poitrine. La seconde est vôtre. Vous avez appris, dès l'enfance, que rien ne s'acquiert que par le travail et la persévérance. Archimède demandait un point d'appui pour soulever le monde, ce point d'appui, je vous l'indique : c'est le travail. Si difficile, si éloigné que vous semble le but que vous vous proposez d'atteindre, travaillez avec courage et persévérance, et vous vous trouverez tout étonnées d'exécuter un jour, sans peine, ce qui vous semblait impossible quelques mois auparavant.

Combien d'entre vous, en entrant ici, n'avaient pas tenu une aiguille? Laquelle se serait crue capable d'exécuter au bout de quelques années les merveilleuses broderies qui ont valu aux ateliers professionnels de la Maison des Loges la médaille d'or qui leur a été si justement attribuée?

Voilà votre passé, mes chères enfants; il est glorieux, et je me serais reproché de ne pas vous l'avoir rappelé dans cette solennité. Le présent n'est pas moins honorable pour vous; quinze élèves se sont présentées aux examens de l'Hôtel de ville : treize ont été reçues ; plusieurs d'entre elles ont mérité les félicitations du jury d'examen. Quelques semaines avant, cinq élèves se présentaient aux examens de coupe et d'assemblage : elles étaient reçues également. Enfin, trois de vos compagnes, admises au cours supérieur de Saint-Denis, viennent de remporter brillamment le brevet du premier ordre de l'enseignement primaire.

Tel est le bilan des succès de la Maison des Loges pour l'année scolaire 1889-1890. N'avais-je pas raison de vous dire, mes chères enfants, que votre présent ne le cédait en rien à votre passé ? Le Grand Chancelier en a été bien heureux, et je me fais son interprète en adressant ses félicitations aux enfants qui ont si courageusement travaillé, en même temps que ses remerciements aux maîtresses qui les ont si bien dirigées.

Parlons un peu de l'avenir maintenant, car c'est votre avenir surtout qui préoccupe le Grand Chancelier. Vous appartenez toutes à des familles militaires, et, nous le savons, malheureusement le militaire est plus riche d'honneur que d'argent. Tous les soins du général Février tendent donc à vous mettre dans les mains les moyens de gagner honorablement votre vie : car on est toujours riche quand on peut se suffire à soi-même.

Le statut de 1881, qui régissait les Maisons d'éducation de la Légion d'honneur, vient d'être revisé ; le nouveau règlement, conçu dans un esprit plus large, apporte de très importantes modifications dans le programme des études. — Ainsi, on installe à Écouen un cours de comptabilité commerciale; celles d'entre vous qui seront appelées à faire partie de ce cours (car les élèves des trois Maisons y seront admises indistinctement, suivant leurs aptitudes) apprendront toutes les connaissances nécessaires pour diriger une maison de commerce : Tenue des livres, correspondance, droit commercial, etc.

Ce cours commencera dès le mois d'octobre prochain, et, dans le courant de l'année 1891, on organisera également à Écouen un cours spécial de télégraphie, afin que les élèves qui désirent entrer dans l'Administration des Postes et Télégraphes puissent s'y présenter avec des connaissances pratiques qui abrégeront, et peut-être même supprimeront tout à fait le stage qu'on exige d'elles aujourd'hui.

Si favorisée que soit la Maison des Loges par ses ateliers professionnels, elle n'a pas été oubliée dans ces améliorations.

Le Grand Chancelier a très justement pensé que toutes les jeunes filles n'étaient pas également aptes à réussir aux travaux à l'aiguille; il a cherché à vous procurer une occupation lucrative qui vous permît, comme la broderie et la couture, de contribuer largement à la dépense commune, tout en vous laissant le loisir de vous occuper du soin de votre intérieur.

On va donc organiser, aux Loges, un atelier pour la gravure de la musique sur planches d'étain; c'est un métier peu fatigant, qu'on peut parfaitement exercer chez soi, et dans lequel une personne tant soit peu habile arrive à se faire des journées très largement rétribuées.

Vous voyez, mes chères enfants, toute la sollicitude de M. le Grand Chancelier à votre égard; je sais que votre cœur lui en garde une profonde reconnaissance, mais vous avez un moyen bien simple de la lui prouver : travaillez, redoublez de courage, et que tous vos efforts tendent à vous rendre dignes de son intérêt et de sa paternelle affection.

N'oubliez pas, mes chères enfants, lorsque vous quitterez cette maison, que vous emporterez chacune une part de sa réputation et de sa gloire. Que votre conduite soit toujours à la hauteur de la bonne éducation que vous y avez reçue.

Les difficultés de la vie seront peut-être dures pour quelques-unes d'entre vous; pas de découragement ni de faiblesse, souvenez-vous, filles de soldats, que vous êtes en même temps filles de la Légion d'honneur!